CONCLUSIONS

MOTIVÉES

Pour M. DIJON, *défendeur;*

Contre M. *DUBOUZET,* demandeur en tierce-opposition, *et subsidiairement en requête civile.*

A ce qu'il plaise à la Cour,

Faisant droit sur la tierce opposition, formée par le sieur Dubouzet, à l'arrêt du parlement de Paris, du 13 août 1768, et sur sa demande en requête civile contre le même arrêt.

Attendu, 1.° que c'est en qualité d'appelé à recueillir la substitution portée dans le testament de Pierre-Jean-François Dubouzet, du 2 juin 1755, que le sieur Jean-Baptiste Dubouzet, se rend tiers-opposant à l'arrêt du 13 août 1768, prétend le faire rescinder par la voie de la tierce-opposition ou de la requête civile, et veut, par suite, évincer le sieur Dijon de la propriété de la terre de Poudenas, dont la mère de ce dernier s'est rendue adjudicataire sur décret-forcé, le 1.ᵉʳ mars 1769, et moyennant la somme de 400,000 liv.

Attendu, 2.° que suivant l'article 40 du titre 1.ᵉʳ de

1

l'ordonnance des substitions : « le fidéi - commissaire ne
» peut évincer les tiers possesseurs des biens compris dans
» la substitution qu'après avoir obtenu la délivrance ou
» remise du fidéi-commis, et avoir satisfait à ce qui est
» prescrit par les articles 35, 36 et 37 du titre second
» de la même ordonnance ». -

Qu'aux termes de l'article 35 du titre 2 , « le grévé
» de substitution ne peut se mettre en possession des
» biens compris dans la substitution qu'en vertu d'une
» ordonnance du premier officier des siéges mentionnés dans
» les articles 19 et 21 , laquelle ordonnance il ne peut
« obtenir qu'en rapportant l'acte de publication et d'en-
» régistrement de la substitution , comme aussi un extrait
» en bonne forme de la clôture de l'inventaire fait après
» le décès de l'auteur de la substitution.

» Et que le premier officier mentionné dans les articles
» 19 et 21 , est celui de la sénéchaussée ou du bailliage
» dans l'étendue ou le ressort desquels était le lieu du
» domicile de l'auteur de la substitution au jour de l'acte
» qui la contiendra, et pareillement dans le ressort des-
» quels seront situés les biens substitués ».

Que, suivant l'article 36 , « la disposition de l'article
» précédent doit avoir lieu pareillement à l'égard de
» ceux qui recueilleront la substitution, en cas que celui
» qui en était chargé n'ait pas satisfait aux formalités
» prescrites par ledit article ».

Que l'article 37 veut que , « l'ordonnance requise
» par les deux articles précédens soit donnée sur une

» simple requête , à laquelle soit attaché l'acte de publi-
» cation et d'enregistrement, ensemble l'extrait en bonne
» forme de la clôture de l'inventaire ; et qu'il soit fait
» mention expresse desdits actes dans le vu de ladite
» ordonnance , LE TOUT A PEINE DE NULLITÉ ».

Que l'article 39 exige l'observation de la disposition
des articles 35, 36 et 37, « encore que l'exécution
» des dispositions, portant substitution, eût été consentie
» par des actes volontaires, lesquels ne pourront avoir
» aucun effet, qu'après que ceux au profit desquels ils
» auront été faits, auront satisfait auxdits articles; ce
» qui sera exécuté *à peine de nullité* ».

Qu'enfin l'article 40 veut, « qu'il ne puisse être rendu
» aucun jugement sur les demandes qui seraient formées
» par eux en conséquence des actes portant substitution,
» qu'après qu'il aura été satisfait auxdits articles; ce qui
» sera observé *à peine de nullité* »

Attendu 3.°, que le sieur Dubouzet n'a pas obtenu
l'ordonnance d'envoi en possession prescrite par les articles ci-dessus.

Qu'il est simplement porteur d'une sentence du sénéchal de Toulouse, en date du 30 septembre 1790, or-
donnant à son profit, et contre un seul des six héritiers (1) de Pierre-Jean-François Dubouzet, auteur de

---

(1) Les six héritiers de Charles-Maurice-Gabriel Dubouzet
étaient M. Jean-Baptiste Dubouzet ; ses trois Sœurs ; M. Dela-
Caze et madame de Livron ; une seule des Sœurs de M. Jean-

la prétendue substitution, la remise du fidéi - commis.

Qu'en obtenant ce jugement, M. Dubouzet se trouve avoir rempli la première des formalités voulues par l'article 40 du titre 1.er de l'ordonnance ; mais qu'il n'a rempli aucunes des autres formalités prescrites par le même article, et par les articles 35, 36 et 37, du titre 2, *à peine de nullité*, et aussi *à peine de ne pouvoir évincer les tiers-acquéreurs.*

Que la sentence du 30 septembre 1790, peut d'autant moins tenir lieu de l'ordonnance d'envoi en possession, que, comme ordonnance d'envoi en possession, elle serait radicalement nulle.

Qu'en effet, elle a été rendue par le sénéchal de Toulouse, juge du domicile de l'héritière contre laquelle elle a été obtenue, et non par le juge de Condom, dans le ressort duquel l'auteur de la substitution avait son domicile, et dans lequel les biens étaient situés.

Qu'à cette sentence n'a été annexé ni l'acte de publication et d'enregistrement de la substitution, ni l'extrait de la clôture de l'inventaire.

Qu'enfin le vu de cette sentence ne fait aucune mention ni de l'acte de publication, ni de l'extrait de la clôture de l'inventaire.

Baptiste Dubouzet a été partie dans la sentence du 13 novembre 1790, à laquelle M. Dijon est, en tant que de besoin, tiers-opposant.

Toutes formalités prescrites , à peine de nullités , par les articles 35 , 36 et 37 du titre 2.

D'où il résulte , 1.º que le sieur Dubouzet ne peut se permettre aucun acte tendant à évincer le détempteur de la terre de Poudenas ; 2.º que toutes demandes de sa part, sont radicalement nulles ; 3.º qu'il en serait de même de tout jugement qui pourrait intervenir sur ses demandes.

Attendu 4º. qu'il est très-inexact de prétendre que les formalités prescrites par les articles ci-dessus rapportés, aient pour unique objet la conservation des droits des substitués ; et que le dernier substitué , par cela même qu'il recueille les biens librement, soit dispensé de les remplir.

Qu'il résulte, au contraire, et de l'esprit et de la disposition littérale de la loi, que c'est autant pour l'intérêt des tiers, notamment des détenteurs des biens substitués, que pour celui des appelés à recueillir, que ces formalités ont été introduites ;

De l'esprit de la loi ; puisque le législateur, dans le préambule de l'ordonnance, s'exprime en ces termes : « La » nécessité d'assurer et de favoriser la liberté du com- » merce ayant exigé de la sagesse de la loi, qu'elle éta- » blît des formalités nécessaires pour rendre les substitu- » tions publiques , la négligence de ceux qui étaient obli- » gés de remplir ces formalités, est devenue une nouvelle » source de contestations où les suffrages des juges ont été » suspendus entre la faveur d'un créancier ou d'un acqué- » reur de bonne-foi , et celle d'un substitué qui , etc. »

De la disposition littérale, puisque que l'article 4o du titre premier porte expressément que les substitués ne pourront évincer un tiers-acquéreur avant d'avoir rempli toutes les formalités prescrites; puisque l'article 35 du titre 2, déclare que ces formalités ont été instituées tout à la fois *pour la conservation des droits des substitués*, *et pour la sûreté des familles :* ce qui désigne deux intérêts très-distincts, celui des appelés à recueillir et celui des tiers (1).

Que les dispositions qui ordonnent, relativement aux tiers-acquéreurs l'accomplissement des diverses formalités, sont, au surplus, concordantes avec celle de l'article 55 du titre premier qui défend au fidéi-commissaire d'attaquer les adjudications par décret, dans le cas où la substitution n'a pas été publiée et enregistrée, et dans celui où « les biens

_____

(1) A l'esprit et à la lettre de la loi, M. Dubouzet oppose la décision des auteurs. Il cite Furgolle, dans ses commentaires; M. Daguesseau, dans sa lettre 366; Sallé, dans l'esprit des ordonnances.

Nous avons très-exactement vérifié ces auteurs. Ils disent que le dernier appelé, par cela même qu'il recueille librement, est affranchi du joug des formalités. Ils se fondent sur ce qu'elles ont pour objet la conservation des biens des substitués.

Cette opinion est juste par rapport aux héritiers du grevé. Les titres de la substitution les avertissent suffisamment qu'ils n'ont point de droit aux biens qui en dépendent.

Elle serait fausse et contraire à la loi, si l'on voulait l'appliquer aux acquéreurs actionnés en éviction. C'est pour leur sûreté autant que pour la conservation des droits des substitués que les

» ont été vendus pour les dettes de l'auteur de la substitu-
» tion ou pour d'autres dettes ou charges antérieures à
» ladite substition »; qu'ainsi, et avant toute tentative
d'éviction, le fidéi-commissaire doit mettre les tiers-acquéreurs à portée de vérifier, soit le fait de l'enregistrement
et de la publication, soit l'état actif et passif de la succession d'après l'inventaire.

Attendu 5°. que l'expression *fidéi-commissaire* employée
dans l'article 40 du titre premier de l'ordonnance indique,
suivant la définition des auteurs, *celui à qui on a laissé
par fidéi-commis une succession ou un legs*; et que le législateur ne distingue point, quant à la nécessité de remplir les formalités avant toute tentative d'éviction, entre le
substitué qui recueille librement, et le substitué tenu de
remettre le fidéi-commissaire à une autre appelé.

Qu'au surplus, au 30 septembre 1790, les substitu-

formalités sont prescrites. Aussi les auteurs cités n'ont-ils point
opiné pour ce cas particulier. Aucun d'eux ne prétend que relativement aux tiers-détenteurs, le substitué quelconque soit exempt
des formalités. Furgolle, au contraire, s'exprime en ces termes
sur l'art. 40 du titre premier :

« Lorsque le substitué n'a pas obtenu la restitution du fidéi-
» commis de la part du grevé ou de ses héritiers, il faut qu'il y
» ait un jugement qui ordonne la délivrance, *afin que le substitué
» puisse intenter l'action tendante à évincer les tiers-posses-
» seurs. . . . . Il faut encore que le substitué ait satis-
» fait à ce qui est prescrit par les articles 35, 36 et 37; SANS
» QUOI TOUTE ACTION DOIT ÊTRE DÉNIÉE AU SUBSTITUÉ CONTRE
» LES TIERS-POSSESSEURS.* »

tions n'étaient pas abolies, et qu'existait alors, comme encore aujourd'hui, M. Delacaze appelé par le testament du 2 juin 1755, à recueillir la substitution après J. B. Dubouzet; d'où il suit que ce dernier ne recueillait pas les biens librement, et que, dans son propre système, rien ne pouvait le dispenser de remplir les formalités.

Subsidiairement,

Attendu 1°. que l'objet des demandes du sieur Dubouzet est de parvenir à évincer M. Dijon de la propriété de la terre de Poudenas, sous le prétexte qu'elle a fait partie des biens compris dans la substitution portée au testament de Pierre-François Dubouzet, du 2 juin 1755.

2°. Que M. Dijon est propriétaire de cette terre comme l'ayant recueillie dans la succession de la dame Dijon sa mère, qui s'en était rendue adjudicataire sur décret forcé et par sentence des requêtes du Palais, du premier mars 1769.

3°. Que cette sentence avait été précédée de l'arrêt du parlement de Paris, du 13 août 1768, lequel, en réglant les droits des deux enfans de Jean Dubouzet, avait attribué à Charles-Maurice-Gabriel les cinq sixièmes de la succession, en vertu du testament du 14 avril 1747; que de l'aveu de Jean-Baptiste Dubouzet, cette disposition de l'arrêt entraînait en faveur de Charles-Maurice-Gabriel la propriété de la terre de Poudenas; qu'ainsi, au moment de l'adjudication par décret forcé, il était souverainement

jugé que cette terre n'avait pas fait partie des biens de
Pierre-Jean-François; que par conséquent elle n'avait pu
être frappée de la substitution établie par le testament de
ce dernier.

4°. Que depuis le premier mars 1769 jusqu'au 24
ventose an 13, époque de la première demande du sieur
Dubouzet, c'est-à-dire, pendant plus de trente-six ans,
M. Djon a joui, soit par la dame sa mère, soit par lui-
même, de la terre de Poudenas, sans avoir éprouvé aucune espèce de trouble, ni avant le 2 novembre 1780,
jour du décès de Charles-Maurice-Gabriel, et de l'ouverture de la prétendue substitution, ni depuis l'ouverture,
quoiqu'à cette dernière époque, le sieur Dubouzet, se disant
appelé à la recueillir, fût majeur depuis plusieurs années.

Qu'ainsi, M. Dijon a en sa faveur, non pas seulement une possession de dix ou de vingt ans, mais bien
une possession plus que trentenaire.

Que cette possession est encore accompagnée du titre
et de la bonne foi.

Du titre, puisque le principe de la propriété de M. Dijon
est une sentence rendue par suite de saisie-réelle, et par
conséquent avec toute la publicité et toutes les formalités
alors prescrites pour ce genre de procédure.

De la bonne foi, puisque l'arrêt du 13 août 1768 ne
permettait pas de soupçonner que la substitution ordonnée
par Pierre-Jean-François Dubouzet, quoique publiée et enregistrée dès 1756, pût s'appliquer à la terre de Poudenas.

5°. Que si l'article 55 du titre premier de l'ordonnance

2

de 1747, veut que les adjudicatinos par décret des biens substitués n'aient aucun effet contre les substitués, lorsque les substitutions auront été publiées et enregistrées, cette disposition s'entend évidemment des biens désignés par le testament ou par l'inventaire fait après le décès du testateur, comme compris dans la substitution, et non des biens jugés par des arrêts solennels ne pas en avoir fait partie; qu'autrement le législateur serait tombé dans l'inconvénient dont il voulait essentiellement se garantir, celui d'exposer les tiers à des erreurs inévitables.

Que, dans l'espèce particulière, et en supposant que l'arrêt du 13 août 1768 eût préjudicié aux droits de la substitution, le sieur Dubouzet ne peut imputer qu'à son tuteur, durant sa minorité, et à lui-même depuis sa majorité, c'est-à-dire, depuis trente ans et plus, de n'avoir pas attaqué en tems utile un arrêt dont les dispositions étaient de nature à tromper nécessairement la foi publique.

En ce qui touche particulièrement la tierce-opposition formée par le sieur Dubouzet à l'arrêt du 13 août 1768, trente-sept ans après qu'il a été solennellement rendu.

Attendu, 1.º la disposition de l'article 50 du titre 2 de l'ordonnance des substitutions ainsi conçu :

« Les arrêts ou jugemens en dernir ressort qui seront » contradictoires avec le grevé de substitution, ou un des » substitués, ou contre lequel il ne pourrait être reçu à » former opposition, *ne pourront être retractés*, sur le

» fondement d'une tierce-opposition formée par celui au
» profit duquel la substitution sera ouverte, sauf à lui à
» se pourvoir par la voie de la requête civile ».

Que cette disposition prohibe formellement la tierce-
opposition, dans tous les cas où le grevé de substitution
ne serait pas lui-même recevable à former une simple opposition à l'arrêt.

Et que le législateur n'a point distingué le cas où l'arrêt a été rendu sur la demande du grevé, du cas où il a
été rendu contre lui, et sur la demande d'un autre.

Attendu, 2.° que Charles-Maurice-Gabriel Dubouzet,
celui-là même de qui le sieur Jean-Baptiste Dubouzet prétend tenir le fidéi-commis établi par le testament du 2
juin 1755, a été partie principale dans l'arrêt du 13
août 1768 ; que cet arrêt a été rendu contradictoirement
avec lui ; et que l'une des premières notions de la procédure est que personne n'est recevable à attaquer un arrêt
contradictoire par la voie de l'opposition.

En ce qui touche la demande du sieur Dubouzet en
requête civile.

Attendu, 1.° que les seuls moyens de requête civile
invoqués par lui sont ceux de l'*omission de défenses* et
de *non valables défenses*.

Attendu, 2.° que tous les moyens aujourd'hui proposés par le sieur Dubouzet, relativement au testament de
Jean Dubouzet, du 14 avril 1747, furent proposés dans

le cours de l'instance jugée par l'arrêt du 13 août 1768. Qu'en effet, le système actuel du sieur Dubouzet se réduit à prétendre, 1.º que Pierre-Jean-François Dubouzet avait été conditionnellement élu par le contrat de mariage des sieur et dame Dubouzet, du 13 novembre 1723, pour recueillir la donation contractuelle y portée; 2.º que le testament du père, du 14 avril 1747 contient nomination de Marie-Jean-Henri pour recueillir la donation, et point élection de Charles-Maurice-Gabriel, dans le cas où Marie-Jean-Henri aurait prédécédé; 3.º que l'élection de Marie-Jean-Henry étant devenue caduque par son prédécès, la nomination conditionnelle de l'aîné, faite par le contrat de mariage de 1723, doit avoir tout son effet; 4.º qu'ainsi Pierre-Jean-François Dubouzet avait recueilli comme donataire contractuel, dans la succession de Jean-Dubouzet, la moitié de tous les biens, et par conséquent de la terre de Poudenas, et ce, indépendamment de sa légitime dans l'autre moitié.

Que le même système fut présenté dans l'instance jugée par l'arrêt du 13 août 1768, au nom des créanciers de Pierre-Jean-François Dubouzet, comme exerçant ses droits concurremment avec le curateur à sa succession; qu'on retrouve effectivement dans le vu de l'arrêt les énonciations et les conclusions qui suivent :

Folio 2, Charles-Maurice-Gabriel est désigné comme *se prétendant mal-à-propos héritier universel de son père.*

Folio 12, Charles-Maurice-Gabriel *prend les deux qualités de donateur universel et de donateur contractuel.*

Folios 46, 47, 48, les créanciers concluent à ce que,
» sans s'arrêter aux prétentions de Charles - Maurice-
» Gabriel, la succession du père soit partagée, savoir,
» à l'égard dudit Charles-Maurice, comme héritier pour
» un tiers seulement, *tant à cause de la donation faite*
» *par le contrat de mariage de* 1723, *de la moitié des-*
» *dits biens qui, par événement, n'a pu être recueillie*
» *aux termes du même contrat, que par Pierre-Jean-*
» *François Dubouzet, en sa qualité de fils aîné, etc.*

Folio 58, ils concluent encore « *sans s'arrêter aux*
» *qualités que se donne mal-à-propos Charles-Mau-*
» *rice, etc.* . . . .

Folio 59, ils répétent *que le fils aîné est appelé à*
recueillir l'effet de la donation faite par le contrat de
mariage, et ce à défaut de nomination valable par le
père d'un autre de ses enfans, etc. etc.

Qu'insi la question de savoir qui des deux frères devait
recueillir l'effet de l'institution de 1723, fut parfaitement
débattue dans le cours de l'instance qui précéda l'arrêt
de 1768.

Attendu, 3.º qu'il importe fort peu par qui les moyens
de défense furent présentés lors de l'arrêt.

Que, pour faire tomber le moyen du défaut de défenses
ou de défenses non valables, il suffit que tous les moyens
du fond aient été connus des magistrats qui avaient à
prononcer, et qu'ils aient pu se décider en parfaite con-
naissance de cause.

Attendu, enfin, 1.º que l'unique objet des demandes

du sieur Dubouzet est de déposséder M. Dijon de la terre de Poudenas.

Que, de son propre aveu, il ne peut y parvenir, qu'en faisant juger que cette terre a fait partie des biens de la succession de Jean-Pierre-François Dubouzet, et par suite de la substitution créée par le testament de ce dernier.

Que, pour le faire juger, il reconnaît aussi lui-même la nécessité de prouver que Jean-Pierre-François Dubouzet a recueilli la donation contractuelle faite par Jean Dubouzet dans le contrat de mariage du 13 novembre 1723, au profit *de celui de ses enfans mâles qu'il se réservait de de nommer, avec stipulation qu'à défaut de nomination, l'aîné des mâles resterait pour nommé.*

Qu'ainsi la question préalable à toute action de la part du sieur Dubouzet, est de savoir si Jean Dubouzet, a usé, dans la suite, de la faculté de nommer ; ou si, à défaut de nomination, l'élection conditionnelle de l'aîné des mâles a dû profiter à Jean-Pierre-François Dubouzet.

Attendu, 2.º qu'il est reconnu en principe, qu'une nomination de la nature de celle réservée dans le contrat de mariage de 1723, peut se faire par testament comme par tout autre acte.

Attendu, 3.º que le simple bon sens dit assez que l'institution de l'un des enfans pour héritier universel, par cela même qu'elle lui donne tout ce dont le père peut disposer, équivaut, en pareil cas, à une élection formelle, et comprend nécessairement les biens dont il s'était réservé la disposition.

Que si la maxime *instituendo elegit*, a pu essuyer quelque contradiction dans certains parlemens de la France, elle a du moins servi de perpétuel fondement à la jurisprudence du parlement de Bordeaux, dans le ressort duquel Jean Dubouzet avait son domicile, et où s'est ouverte sa succession ; qu'ainsi l'attestent tous les auteurs qui ont écrit sur la jurisprudence de ce parlement (1). Qu'ainsi l'a jugé le même parlement, lorsque la ques-

---

(1) « Au grand procès de Veyrac et de Lostanges, qui fut » jugé à Bordeaux au mois de Juin 1593, au rapport de M. de » Raymond, cette question, *entr'autres*, se présenta : Jacques » de Veyrac se mariant avec Isabeau de Julien, il est accordé » que la quatrième partie des biens d'icelle de Julien, appar- » tiendra à celui des enfans qu'elle élira, et à faute d'élire, au » premier mâle. Elle n'élit aucun, et ne parle point de cette » quarte-partie ; mais fait son testament par lequel elle institue » son second fils héritier. Après sa mort, l'aîné veut avoir la » quarte-partie, et dit que la mère n'ayant point élu, il est » appelé. Claude, qui était l'héritier institué, se défend, dit » que l'institution emporte élection ; et ainsi fut jugé audit » tems. » *Antomne en sa Conférence du droit sur la loi 67 ff. de legatis 2.*

« L'institution d'héritier universel, en faveur d'un seul des » enfans, dans le testament ; tient lieu d'élection expresse en » conséquence du contrat de mariage ». *La Peyrere, lettre E.* Et il cite le docteur Fernand.

Salviat, dans sa Jurisprudence du parlement de Bordeaux, atteste aussi la vérité de la maxime : *l'institution vaut élection*, et cite un acte de notoriété donné par les avocats du ressort.

Aucun des auteurs qui ont écrit dans ce parlement, ne combat, d'ailleurs, cette très-raisonnable opinion.

tion s'est présentée à sa décision, et que jamais il ne l'a décidée dans un sens contraire.

Qu'enfin les auteurs des autres parlemens qui ont combattu l'application de la maxime *instituendo eligit* ne s'étant déterminés que par l'idée qu'une nomination expresse doit l'emporter sur une élection tacite, auraient par ce motif même opiné tout différemment dans tous les cas où, comme dans l'espèce, l'institution de l'un des enfans pour héritier universel, aurait été accompagnée d'autres dispositions dont l'objet évident aurait été de priver l'enfant conditionnellement élu par le contrat de mariage, du bénéfice de la donation.

Attendu 4°. que les dispositions du testament de 1747, soit qu'on les divise, soit qu'on les considère dans leur emsemble (1), attestent clairement et énergiquement la formelle intention où a été Jean Dubouzet père, d'exclure son fils aîné de toute part dans la donation portée au contrat de mariage de 1723, et d'appeler à recueillir cette donation, en premier lieu, Marie-Jean Henry son second fils; en second lieu, Charles-Maurice Gabriel son dernier fils.

Que cette formelle intention se manifeste dès la première disposition par laquelle il réduit Pierre-Jean François à la légitime de droit, *voulant qu'autre chose il ne puisse demander sur ses biens.*

Que puisque Jean Dubouzet restait encore saisi et pou-

_____

(1) Voir à la suite des conclusions la copie littérale du testament.

vait disposer par voie d'élection des biens qu'il s'était réservé de donner à l'un de ses enfans, il y aurait eu contradiction formelle à vouloir que la portion de l'aîné dans
ses biens, restât limitée à la légitime, et cependant à lui
réserver, de plus, les biens compris dans la donation.

Que les dispositions ultérieures du testament ne sont
que la conséquence et l'exécution de la première intention.

Qu'en effet, dans la seconde disposition, et après avoir
réduit aussi Charles-Maurice à la légitime, le testateur
s'occupe de la totalité des objets qui sont en son pouvoir,
et qu'il en dispose indéfiniment en faveur de Marie-Jean-
Henry son second fils ; 1.º en le nommant pour recueillir
la donation contractuelle ; 2.º en l'instituant son héritier
général et universel au restant de ses biens.

Qu'après cette disposition si claire et si générale, pré-
voyant le cas où son second fils viendrait à décéder sans
enfans, et persistant dans sa première intention de res-
treindre les droits de l'aîné à une légitime, *il substitue
Charles-Maurice-Gabriel au lieu et place de Marie-Jean-
Henry pour recueillir toute sadite succession.*

Que substituer Charles-Maurice-Gabriel au lieu et place
de Marie-Jean-Henry, c'est incontestablement donner au
premier tous les objets dont il a disposé en faveur du second ; que c'est conséquemment l'appeler à la donation
contractuelle comme à l'institution universelle.

Que cette intention si peu douteuse déjà, se confirme
par ce choix d'expression : *toute madite succession* : car
puisque les biens donnés par le contrat de mariage doivent

3

rester en la possession du testateur jusqu'à son décès, il est de toute évidence qu'ils se trouveront dans sa succession.

Qu'ainsi, le testateur, après avoir d'abord exprimé son intention prédominante, celle de ne laisser que la légitime au fils aîné, exprime ensuite par des clauses tout aussi précises, sa volonté de disposer de tout, et même des biens donnés contractuellement, mais avec réserve d'élire, en premier lieu, en faveur de son second fils ; en second lieu et à défaut de celui-ci, en faveur du troisième à l'exclusion de l'aîné.

Que la forme de la substitution compendieuse adoptée pour la disposition secondaire au profit du troisième fils atteste elle-même, plus authentiquement, la ferme volonté du testateur de ne laisser au fils aîné que la légitime, dans tous les cas ; que le testateur acquiert en effet, par cette forme, la certitude que la portion du légitimaire n'éprouvera aucune augmentation, soit que Marie-Jean-Henry survive, soit qu'il décède avant le testateur.

Attendu, 5.º que cette analyse des dispositions testamentaires répond à toutes les subtilités imaginées par le sieur Dubouzet.

Qu'en effet, le testateur ne peut avoir transmis à Charles-Maurice-Gabriel le bénéfice des premières dispositions faites en faveur de Marie-Jean-Henry, et cependant avoir entendu consommer la faculté d'élire, en nommant d'abord son second fils : d'où résulte la conséquence que le pré-

décès de Marie-Jean-Henry n'a point rendu l'élection caduque, mais l'a reportée sur Charles-Maurice-Gabriel.

Que le testateur, après avoir dit qu'au défaut de
Marie-Jean-Henry , Charles-Maurice-Gabriel se trouverait substitué en son lieu et place, avait parfaitement
rendu son intention de lui transmettre tous les mêmes
avantages ; et que , sous peine d'une très-inutile superfé-
tation , il n'avait pas eu besoin d'ajouter que Charles-
Maurice les *recueillerait tous*.

Que s'il est vrai qu'après avoir réduit l'aîné à la légitime, le testateur ait prononcé la même sentence contre
Charles-Maurice-Gabriel, il est vrai aussi que par une
disposition ultérieure , il a appelé Charles-Maurice à recueillir tous les avantages faits à Marie-Jean-Henry en cas
de décès de ce dernier ; mais qu'il n'a étendu dans aucun
cas la vocation à Pierre-Jean-François.

Que le sieur Dubouzet ne peut argumenter contre les
dispositions testamentaires, de la prohibition de substituer
des biens déjà donnés librement ; puisqu'au moyen du
prédécès de Marie-Jean-Henry , la substitution se trouve
purement vulgaire, qu'elle a par cela même, l'effet d'une
institution directe.

Que si l'évènement eût rendu la substitution fidéi-commissaire , ce n'est pas Pierre-Jean-François qui aurait pu
réclamer , mais seulement les ayant droit du donataire.

Qu'il est plus qu'inutile d'examiner quel aurait été l'effet
de la substitution par rapport à un neveu appelé au défaut
de Charles-Maurice-Gabriel troisième fils , puisque ce der-

nier a recueilli ; que parce qu'il était défendu de substituer un objet donné, il ne faudrait pas conclure que le
testateur avait limité par-là sa disposition au profit de son
troisième fils ; qu'on y trouverait, au contraire, la preuve
de la formelle volonté de ne laisser, en tout événement à
l'aîné de ses enfans, que la légitime à laquelle il l'avait
réduit.

Que ces expressions *mon héritier*, *toute ma succession*,
mon hérédité, employées dans diverses parties des dispositions, ne peuvent recevoir un sens contraire à l'intention
formellement manifestée dans les mêmes dispositions.

Attendu 6.º que le résultat de ces développemens est de
démontrer que les droits de Pierre-Jean-François Dubouzet
dans la succession de son père, se sont réduits à une
légitime.

Que par-là se trouve pleinement justifiée la disposition
de l'arrêt du 13 août 1768, qui a maintenu Charles-
Maurice-Gabriel dans la propriété des cinq sixièmes de la
succession du père commun.

Qu'il est reconnu par le sieur Dubouzet lui-même qu'il
ne pourrait prétendre à la terre de Poudenas ; qu'autant
que les biens donnés contractuellement par le contrat de
mariage de 1723, auraient fait partie de la succession de
Pierre-Jean-François, et par conséquent de la substitution.

Qu'ainsi les demandes du sieur Dubouzet manquent
de tout intérêt.

Attendu d'ailleurs qu'au besoin il serait facile à M. Di-
geon lui-même, quoiqu'étranger à la famille Dubouzet,

et malgré le laps de trente-huit années, d'établir que Pierre-Jean-François Dubouzet est décédé en état d'insolvabilité ; que le testament du 2 juin 1755, semble lui-même l'attester, puisque Pierre-Jean-François déclare l'*avoir fait surtout pour le paiement de ses dettes ;* que les divers arrêts portant contre sa succession des condamnations considérables, sont restés sans exécution ; que tel est l'état des dettes restées en souffrance, qu'elles absorberaient même la valeur des quatre sixièmes de la succession ; qu'ainsi et par cela même que le grevé de substitution est tenu des dettes de son auteur, M. Dubouzet n'aurait personnellement aucun intérêt à réclamer ; qu'il n'en aurait qu'autant qu'on pourrait lui supposer le projet trop indigne de lui de profiter de la prescription acquise aujourd'hui contre les créanciers de la succession.

A juger à M. Dijon les conclusions par lui ci-devant prises ; en conséquence le recevoir, en tant que de besoin, tiers-opposant à la sentence du sénéchal de Toulouse, du 30 septembre 1790 ; ce faisant sans s'arrêter à ladite sentence, laquelle sera, au besoin, déclarée nulle et comme non-avenue, par rapport audit sieur Dijon.

Déclarer pareillement nulles et de nul effet les demandes du sieur Dubouzet, comme contraires dans la forme aux articless 35, 36, 37, 39 et 40 du titre 2 de l'ordonnance des substitutions ; et très-subsidiairement, si la Cour croyait pouvoir s'occuper desdites demandes.

Déclarer M. Dubouzet purement et simplement non-recevable dans la tierce-opposition, soit par lui formée à l'arrêt du 13 août 1768, soit dans sa demande en requête civile, ainsi que dans toutes ses autres demandes et concluusions, et le condamner aux dépens.

Monsieur CAHIER, *Avocat-général.*

GAIRAL, *Avocat.*

LOUAULT, *Avoué*

COPIE du Testament de Jean DUBOUZET, du 14 Avril 1747.

JE réduis à la légitime telle que de droit, Pierre-Jean-François Dubouzet de Poudenas, mon fils premier né, et avec ce je l'institue mon héritier particulier, voulant qu'autre chose ne puisse demander sur mes biens.

(Pareille disposition est faite dans les mêmes termes, à l'égard de Charles-Maurice, son troisième fils.)

Et comme par mon contrat de mariage. . . . . je me suis réservé le droit de choisir et nommer parmi les enfans qui proviendraient de notre mariage tel qu'il me plairait pour recueillir la donation contractuelle de la moitié de mes biens, à cet effet je nomme Marie-Jean-Henry Dubouzet de Poudenas, mon second fils, pour recueillir en seul l'effet de ladite donation contractuelle de la moitié de mesdits biens. En outre, comme ainsi soit que mon épouse a nommé par son testament, ledit Pierre-Jean-François Dubouzet de Poudenas pour son son héritier, et en cas qu'il vint

à décéder sans enfans , qu'elle me laisse le choix de ses deux autres enfans ci-dessus nommés pour recueillir sadite hérédité , je
nomme audit cas de décès sans enfans dudit Pierre-Jean-François , ledit Marie-Jean-Henry Dubouzet de Poudenas ci-dessus.
Et au restant de tous mes biens-meubles et immeubles présens et à
venir , voies , droits , noms , raisons et autres généralement quelconque , je nomme , crée et institue pour mon héritier général et
universel ledit Marie-Jean-Henry de Poudenas , mon second fils.
Comme aussi je nomme par clause expresse ledit Marie- Jean-
Henry Dubouzet de Poudenas , mondit héritier , pour recueillir
en seul la somme de 10,000 liv. de l'agencement par moi gagné
par le prédécès de mon épouse.

Et au cas que mondit fils Marie-Jean-Henry Dubouzet de Poudenas , mon héritier , vint à décéder sans enfans de légitime mariage , je lui substitue en son lieu et place pour recueillir toute
madit succession , ledit Charles-Maurice de Poudenas , mon troisième fils.

Et en cas que ledit Charles-Maurice Dubouzet de Poudenas vint
à décéder sans enfans , je lui substitue , pour recueillir et recevoir ma susdite hérédité , Charles Maurice-Gabriel Dubouzet, (1)
fils de Jean-Félix Dubouzet de Poudenas , mon frère puîné.

_____

(1) Ce Charles-Maurice-Gabriel n'est point le réclamant.

De l'Imprimerie de DESVEUX , rue de la Poterie , n.° 3.

www.ingramcontent.com/pod-product-compliance
Lightning Source LLC
Chambersburg PA
CBHW061508170626
46811CB00004B/1663